ROBA

Die Rasselbande

KEIN LAND FÜR HABEGIER

comicplus+

2. Auflage 1989
© comicplus+
   Verlag Sackmann und Hörndl · Hamburg 1988
Aus dem Französischen von Eckart Sackmann
LA RIBAMBELLE GAGNE DU TERRAIN
Copyright © 1983 by Roba
Licensed by BBMP
Schrift: Karin Quilitzsch
Druck: Casterman, Tournai
Alle Rechte vorbehalten
ISBN 3-924623-26-0

WAS IST DENN NUN PASSIERT?! DA LEHNE ICH GANZ GEMÜTLICH AM ZAUN UND WILL MIR EINE ZIGARRE ANSTECKEN, UND PARDAUZ PARDAUZ LIEGE ICH PLÖTZLICH MITTEN AUF EINER WIESE!!?...

ICH BIN JA SOOO MÜDE... UND SOOO HUNGRIG!... OH, EIN ALTER BUS!...

GENAU DER RICHTIGE ORT, UM EIN NICKERCHEN ZU HALTEN!... SICHER WERDE ICH DIE GANZE NACHT VON GEBRATENEN TAUBEN UND VOM SCHLARAFFENLAND TRÄUMEN!...

AM MORGEN...

ALLE SIND DA, NUR DIXIE NICHT!

SICHER IST ER LÄNGST SCHON IM AUTOBUS!... UND ALS ER KAM, WAR ER NOCH SO MÜDE, DASS ER DEN GEHEIMEN EINGANG OFFEN GELASSEN HAT!...

AAAAH?!

ZZ RRRRR ZZ

OAAAARRH! ICH HAB GEPENNT WIE DIE GÖTTER!... GUTEN MORGEN, KINDER!

DIES IST UNSER CLUBHAUS UND KEIN HOTEL!

HALLO! ICH... OH!

HILFE! ER FÄLLT IN OHNMACHT!

!

ER PHANTASIERT! BESTIMMT HAT ER HUNGER!

... UND DANN GARNIERT MAN DEN VOGEL MIT KLEINEN ZWIEBELN UND LÄSST IHN SCHMOREN...

HM... DA WEISS ICH WAS!...

WO WILLST DU HIN, ARCHIBALD?

ICH LAUFE SCHNELL ZUR TELEFONZELLE!...

YES, JAMES... EINEN KLEINEN IMBISS... YES... FÜR SECHS PERSONEN!...

Roba

* SCHOTTISCHES LIED (SCHREIBWEISE OHNE GEWÄHR)

AUS! VORBEI! ICH BIN VOLLKOMMEN ERLEDIGT!...

ABER DIXIE! IMMERHIN HAST DU DEINEN FERNSEHAUFTRITT DOCH BEZAHLT BEKOMMEN, UND...

UND UNSER SPARSTRUMPF WIRD IMMER VOLLER!...

JA, ABER WIR HABEN NUR NOCH 14 TAGE ZEIT!

ICH DENKE, WIR MÜSSEN UNS ETWAS EINFALLEN LASSEN! ICH HABE AUCH SCHON EINE IDEE!

ÄPFEL! HIER GIBT'S LECKERE ÄPFEL!

BEAUTIFUL LECKERE ÄPFEL!

EIN JAPANISCHES SPLICHWOLT SAGT: „NACH DEM BISS IN DEN APFEL WULDE DEL TIGEL VEGETALIEL"!

ALLERLIEBST, DIESE KLEINEN!...

!

!

DREI KILO, BITTE!

NA, DU GEMÜSEHÖKER! VERKAUFST DU DEINEM KUMPEL WILLI WOHL DREI KILO ÄPFEL?...

AUFGEPASST, PHIL!

RRAPPS! KRÜRRP! HARG!

MANN, WILLI, DIE SCHMECKEN ABER!

KLAR, LEUTE! SO SAFTIG... UND SO GUT FÜR DIE ZÄHNE!...

AUCH DIE KAIMANE BLEIBEN NATÜRLICH NICHT UNTÄTIG...

HIHI!

PING UND PONG ÜBEN SICH IN JAPANISCHER GARTENARCHITEKTUR...

ARCHIBALD GEHT IN DIE WERBUNG...

EIN RIESEN-SCHWINDEL IST DAS!!

KURZUM, DIE RASSEL-BANDE ARBEITET WIE WILD...

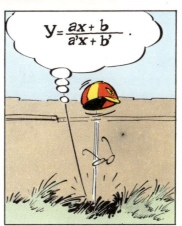

WENIG SPÄTER...

WELL, JAMES, HABEN SIE DAS GELD GUT ANGELEGT?

NUN JA... ICH HOFFE DOCH, DASS DIE ERWARTUNGEN DES JUNGEN HERRN IN ERFÜLLUNG GEHEN! DIE ZIEHUNG IST MORGEN...

UND WENN DIE ZAHLEN RICHTIG WAREN...

... SIND WIR MORGEN MILLIONÄRE, JAMES! ... WIR BRAUCHEN EINEN KOFFER FÜR DAS GELD!...

TAGS DARAUF...

PFFF! PFFF!

ARCHIBALD! ENDLICH!

KOMM SCHNELL! WIR BRAUCHEN DEINE HILFE!...

?!

35A

SIEHST DU? ALLE SIND AM HEULEN!

?!

WUUUUH WÄÄÄÄH!

BAMM BAMM

SNIF!...

帝都

ABER... WAS IST DENN PASSIERT?!?

UNSER... SNIF!... UNSER EHRENMIT- GLIED!...

SEIT LETZTER NACHT IST ER NICHT MEHR... SNIF!...

NUR DAS IST VON IHM ÜBRIG!...

AH! SHOCKING!

HÜHNCHENKNOCHEN! ER MOCHTE HÜHNCHEN SO GERN!...

WUÄH!

ACH SO... VERSTEHE... WELL...

35B

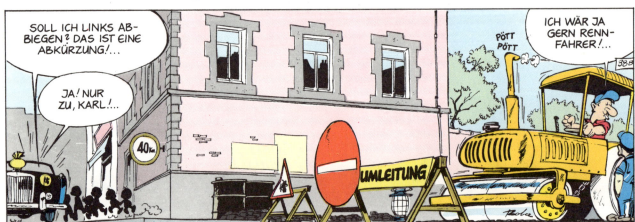

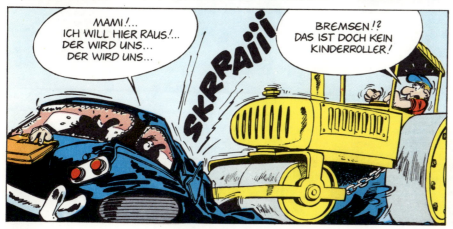

RRAAH!

Ein Informationsvorsprung, den sich jeder leisten kann.

Ich möchte endlich wissen, was in der Comic-Szene passiert. Aktuell und regelmäßig. Immer auf dem laufenden sein. Viermal drei Monate im Jahr. Deshalb lese ich RRAAH!, das neue Comic-Nachrichtenmagazin. Mit RRAAH! bin ich anderen immer einen Schritt voraus.

Im »Comic Countdown« finde ich Informationen zu allen wichtigen Comic-Neuerscheinungen des kommenden Vierteljahres. Das hilft mir dabei, aus dem immer größer werdenden Angebot das für mich Interessante herauszufiltern.

Unter dem Stichwort »Im Blickpunkt« erfahre ich Wissenswertes über gerade aktuelle Zeichner. Gesammelt ergeben diese Artikel ein schönes Nachschlagewerk.

In der »Nahaufnahme« lerne ich endlich mal die Leute kennen, die in den Redaktionen der Verlage sitzen und maßgeblich zur deutschen Comic-Szene beitragen helfen.

In dem umfangreichen Newsteil steht alles, was mich über Comics interessiert. Man merkt, daß RRAAH! einen guten Draht zu Verlagen, Veranstaltern und Verantwortlichen hat.

Dazu gibt es immer wieder unterschiedliche Rubriken, Interviews, Termine usw. Und das alles für nur 3 Mark pro Heft! Das kann sich wirklich jeder leisten.

Wer sichergehen möchte, das neue RRAAH! immer als erster zu bekommen, sollte sein Comic-Nachrichtenmagazin abonnieren. Abonnement (4 Ausgaben) DM 12,– zzgl. DM 2,– (Ausland zzgl. DM 3,50) Porto/Verpackung. Bestellungen über den Verlag bei gleichzeitiger Vorauszahlung auf das Konto 937 37-209 (Sackmann und Hörndl) beim Postgiroamt Hamburg.

RRAAH! erscheint im Verlag Sackmann und Hörndl, Eppendorfer Weg 67, D-2000 Hamburg 20, Tel. 040/491 21 21.

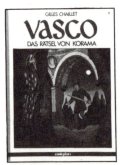